Joyeux Noël, mes p'tits amis !
Orianne Lallemand

Pour Suzel et Nathanaël.
Claire Frossard

Joyeux Noël,
Petite taupe !

Texte de Orianne Lallemand
Illustrations de Claire Frossard

AUZOU

C'est la veille de Noël. Collée à sa fenêtre,
Petite taupe regarde la neige tomber.
Elle soupire : que va-t-elle faire de cette longue journée ?

Soudain : TOC-TOC-TOC !
Qui frappe à la porte de la petite taupe ?

Quelle bonne surprise !
C'est Jojo le blaireau et Jean-Lapin.
Entre eux, il y a... oh ! un beau sapin.

« On a pensé qu'un sapin de Noël,
ce serait joli dans ton salon », dit Jojo.

Ravie, Petite taupe aide Jojo
le blaireau à installer l'arbre de Noël.
Mais soudain...

TOC-TOC-TOC !

Qui frappe à la porte de la petite taupe ?

C'est Milly-Mésange et ses petits.

« Bonjour Petite taupe, dit Milly. Avec les enfants,
on a fabriqué ces boules de Noël pour toi.
J'espère que tu les aimeras ! »

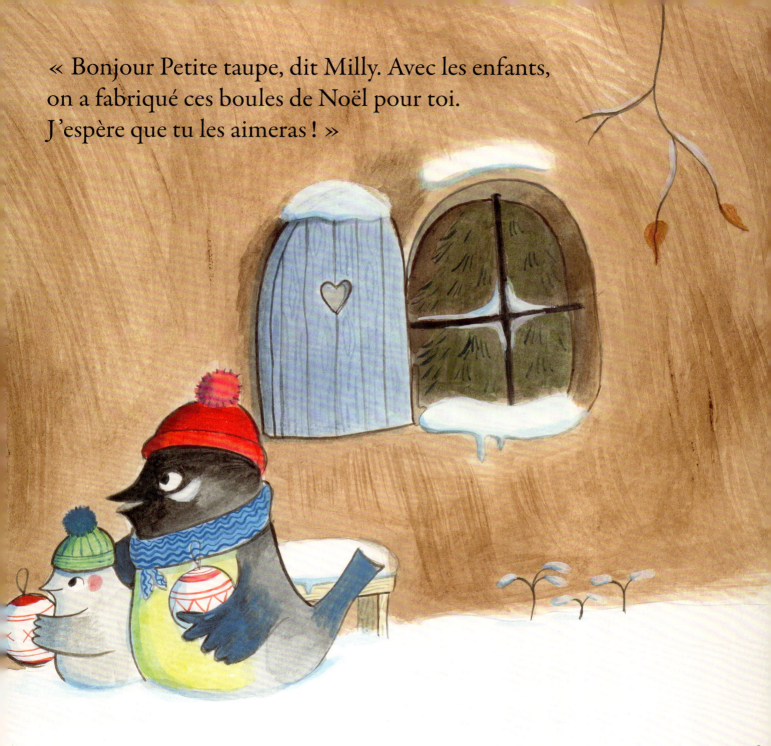

Pour les remercier, Petite taupe les invite tous à goûter.
C'est alors que...

TOC-TOC-TOC !

Qui frappe à la porte ?

C'est Jules l'écureuil.
Il tient entre ses pattes un gros livre.

« C'est Noël demain, dit-il.
Alors je me suis dit : je vais aller lire un conte à ma petite amie. »

Très émue, Petite taupe le fait entrer.
Mais elle s'inquiète :
est-ce qu'il y aura assez à grignoter
pour tout le monde ?

À cet instant...
TOC-TOC-TOC !
Qui frappe à la porte de la petite taupe ?

15

C'est Léon le hérisson.
Il apporte à Petite taupe un cake au potiron.
« Je l'ai fait cet après-midi pour ma petite taupe préférée,
dit-il. Joyeux Noël !

– Cela tombe bien, applaudit Petite taupe,
tout le monde a très faim ! »

Tandis que Jean-Lapin découpe le gâteau, Petite taupe prépare des verres de sirop. Tous sont impatients de goûter.
Mais soudain...

TOC-TOC-TOC !

Ah mais ! Qui frappe encore à la porte ?

C'est Léo la grenouille et Clara-Mulot qui se sont faits tout beaux.
« On est venus t'inviter à dîner, dit Léo, pas question que tu sois
seule pour le réveillon ! »

Petite taupe les remercie et les fait entrer.
Les deux amis en restent bouche bée : ah ça non,
Petite taupe n'est pas seule dans sa maison !

C'est enfin l'heure de se régaler.
Hum... les gâteaux à la noisette de Petite taupe
sont merveilleux et le cake au potiron délicieux.

24

Mais soudain... **TOC-TOC-TOC !**

Qui frappe à la porte de la petite taupe ?

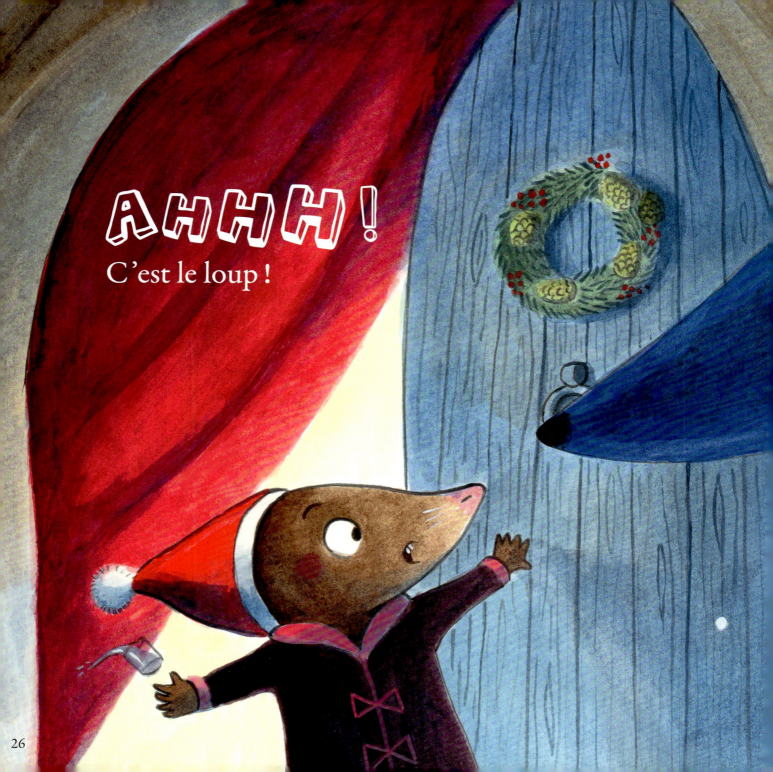

« N'ayez pas peur, je ne vous veux aucun mal, fait le loup tout doux.
Je voulais juste souhaiter un joyeux Noël à Petite taupe. »

Et il lui fait
un gros bisou.

Quelle douce nuit ! Dans la petite maison, tout le monde est réuni. Petite taupe est au paradis.

JOYEUX NOËL, LES AMIS!

Direction générale : Gauthier Auzou
Responsable éditoriale : Laura Levy
Assistante éditoriale : Juliette Féquant
Mise en pages : Sarah Bouyssou
Fabrication : Virginie Champeau
Relecture : Lise Cornacchia

www.auzou.fr

 Rejoignez-nous sur Facebook et suivez l'actualité des Éditions Auzou.
www.facebook.com/auzoujeunesse

Mes p'tits albums

 Roucoule est amoureuse

 Renard et les trois œufs

 Octave ne veut pas grandir

 Moustache ne se laisse pas faire

 Le loup qui voulait changer de couleur

 Petite taupe ouvre-moi ta porte !

 Zafo le petit pirate !

 La chauve-souris va à l'école

 Berlingot est un superhéros

 Rosetta n'est pas cracra !

 Croquette devient grand frère

 Armande la vache qui n'avait pas ses taches !

 Crocky le crocodile a mal aux dents

 Robin, le petit écureuil des bois

 Le loup qui cherait beaucoup trop

 La petite souris et la dent

 Sa majesté Léonardo n'en fait qu'à sa tête

 Petit panda cherche un ami

 Séraphin, le prince des dauphins

 Martin le pingouin a un nouveau voisin

 Mika l'ourson a peur du noir

 Le loup qui cherchait une amoureuse

 Ferdinand le Papa Goéland

 Petit Castor reçoit un drôle de cadeau !

 Le loup qui ne voulait plus marcher

 Manolo le blaireau se prépare pour l'hiver

 Renato aide le Père Noël

 Le loup qui voulait faire le tour du monde

 Le loup qui voulait être un artiste

 Camille veut une nouvelle famille

 Chouquette et les Secrets Magiques

 Clotilde part en colonie de vacances

 Cédric veut être fils unique !

 Le loup qui voyageait dans le temps

 Pipo raconte n'importe quoi !

 Le loup qui fêtait son anniversaire

 Sami le ouistiti, prince d'Amazonie

 La famille Suricate déménage

 Le loup qui découvrait le pays des contes

 Clotilde aide sa nouvelle amie

 Chouquette est dans la lune

 Berlingot n'a peur de rien !

 Moustache le roi des bêtises

 Jules veut soigner son ami

 Azuro le dragon bleu

 Babou a un talent fou !

 Léon le raton part découvrir le monde

 Une surprise pour Petite taupe

 Azuro Sur la piste de Jippy !

 Hector et la chasse au trésor

 Kiss le serpent s'ennuie tout le temps

 Ali Gatore se prend pour le roi

 Augustin et la course aux œufs de Pâques

 Simon le raton a une nouvelle maison